AF341775

# LES SOIRÉES

## DE LA HALLE.

## L'APRÈS-SOUPER;

### ET

### DIALOGUES POISSARDS.

### LETTRES

### ET COUPLETS GRIVOIS.

A PARIS,

Chez TIGER, Imprimeur-Libraire;
Place Cambray, au Pilier Littéraire.

*Et chez les Marchands de Nouveautés.*

Il faut, pour l'agrément, imiter l'inflexion poissarde et traînante à la fin de chaque phrase, pour les Actrices, et d'un ton enroué, en contrefaisant la voix des Héros de la Scène qui se passe aux Halles, ce qui est indiqué par des ( » ).

# LES SOIREES
## DE LA HALLE.

---

## *L'APRÈS-SOUPER*
### DE LA HALLE.

---

Au sortir d'un souper sur la fin du prin-
    tems ,
Voulant nous amuser et passer notre
    tems ,
Tous amis de la joie, enclins à la ribotte,
Nous fumes à la Halle aboyer la Javotte ;
En tête un peu de vin qui rend toujours
    gaillards ,
Ce qui nous fit tenir des discours
    égrillards.
Javote, en arrivant, me fait mettre au-
    près d'elle ,
Je lui dis des douceurs : « tais-toi donc,
    l'haridelle ;
» Quin, vois donc, ma commère, il est
    » comme un cristal ,
» Il est tout transparent avec son air
    » fatal.

A 2

Quoi, déjà m'agonir ! Est-ce la bonne
    envie
Que j'ai de vous aider et payer l'eau
    de vie ?
» Monsieu voudroit sans doute être
    payé par mois,
» De vouloir nous aider en écossant des
    » pois :
» Ah ! pardonnez l'excus' que je venons
    » de faire ;
» Buvons plutôt du paf, ça devient plus
    » nécessaire.
Aussitôt j'envoyai chercher du brande-
    vin :
Pour elles chacun sait que c'est un jus
    divin.
Après quelques coups bus, Margot
    cherchant querelle,
A qui cette liqueur montoit à la cer-
    velle,
Invective Fanchon avec les plus gros
    mots,
Tenant sur son mari les plus mauvais
    propos ;
Lui disant qu'il n'avoit qu'une fausse
    mesure.
Fanchon piquée au vif, riposte avec in-
    jures :
» Il est mieux partagé que ton fareau
    » manqué,

( 5 )

» ( Dit aussitôt Fanchon, ) car je l'ons
    » bien r'luqué.
» Ah ! t'en as ben menti, j'pouvons
    prouver l'contraire,
Reprend alors Margot, se mettant en
    colère,
» C'est bon pour ton mari qui te sert
    » de sout'neur,
» Et qui fait son méquier de trafiquer
    » d'l'honneur ;
» Dans les bains de Saint-Côme il se
    » sauve à la nage ;
» Il n'peut s'en démentir, c'est peint
    » sur son visage ;
» Les boutons qu'on y voit d'un et
    » d'autre côté,
» Font voir qu'il a besoin d'être encor
    » tricoté.
La sœur de ce fareau vint, jetant feu
    et fiâme ;
» Ah, chienne de carogne ! il faut que
    » j'te mang' l'âme !
» Finis donc, la Cateau, tu ne le vou-
    » drois pas
» Qu'elle s'en aille en enfer, attens donc
    » mon trépas ;
» Ce que j'disons est vrai sur le compt'
    » de ton frère,
» Et je te poche un œuil, si tu n'veux
    » pas te taire.

A 3

» Toi , tu me ferois taire, avec tes yeux
   » cireux ,
» Ton pass'partout à cul, ou ton né tout
   » terreux !
» Ç'a ne s'ra pas du vrai , car si je m'ef-
   » farouche ,
» C'est causé par l'odeur de ta puante
   » bouche.
» A moi puante , à moi ! tu nous baves
   » dans l'œuil ;
» Que la peau d'Lucifer te serve de
   » linceuil ;
» Que l'trou de son ponant te serv' de
   » tabatière ,
» Et que sa queue en feu te torche le
   » derrière ,
» Dégoutant linge à barbe, encens de
   » vuidangeur ,
» Loquette de morue , enseigne à dé-
   » shonneur ;
» Si je prends mon sabot , je te cass'rai
   » la gueule ;
» V'là toujours un à-compte , éponge
   » de bégueule !
Aussitôt je les vois toutes aux mains
   venir.
Perdant la patience , et n'y pouvant
   tenir ,
Je veux les séparer, mais j'avois trop
   à faire ,

Les coups et les orions devinrent mon
   salaire ;
Un revers de la main me fit trop bien
   sentir
Qu'il me manquoit deux dents, à mon
   grand repentir.
Me mettant à l'écart pour prendre ma
   revanche,
Je pris mon sotifier de Fête et de Di-
   manche.
» Parle donc, eh ! Cateau, ma foi, tu
   » le payras,
» De ce soufflet donné tu te ressouvien-
   » dras ;
» Je veux te procurer un habit de ves-
   » tale
» Pour une année au moins au Temple
   de la Gale *,
» Selette à criminel, matelat ambulant,
» Pucelle à tous les jours qui ne sent
   » que le r'lant !
» Dans les commodités tu pourrois être
   » utile
» Pour faire aller de peur et dévoyer
   » la bile.
» Ton regard seul suffit quand tu veux
   » tout gâter ;
» Il faudroit de l'odeur pour pouvoir
   » t'écouter !

* La Salpêtrière.

» Tu tairas peut-être, enfant d'chœur
    » de galère !
» Acout'donc, la Fanchon, quin, vois-
    » tu sa colère ?
» Il va gagner un rhume, il est tout
    » essouflé ;
» Reposez-vous un peu, car vous êtes
    » gonflé.
» N'parlez pas tant, Monsieu, vous
    » savez que ça l'use.
» Il voudroit nous fair' peur, ou bien
    » c'est qu'il s'amuse.
» Pas vrai donc, ma commère ? on voit
    » ç'a dans ses yeux,
» Dont l'un est en colère et pis l'autre
    » amoureux.
» Cela n'est pas de toi, tu n'en vaux
    » pas la peine,
» Et je serois certain de n'en avoir pas
    » l'étrenne.
» Eh bin, ç'auroit été beaucoup d'hon-
    » neur pour toi.
» Si j'ons prêté le mien, c'est qu'il
    » étoit à moi ;
» A l'âge de quinze ans j'en étions la
    » maîtresse,
» Pour moins d'un p'tit écu j'ons fait
    » voir ma largesse ;
» Et si j'ons soutenu les brocards jus-
    » qu'au bout,

» Tu n'as plus rien à dire, un mari
    » couvre tout :
» Et puis, quoi que tu t'mêle, est-ce
    » que c'est ton affaire ?
» Puisque t'es chapponné, tu n'es plus
    » nécessaire ;
» Au surplus, le prêtant je n'l'avons
    » pas donné,
» Et vas à son voisin pour y fourrer
    » ton né.
» Peste du bacchanal, quel dévoiement
    » de bouche !
» Va, n'apréhende pas que jamais je
    » te touche ;
» Je sais ce qu'il en coûte à ceux qui
    » vont te voir ;
» Ces bourgeons à ton front font aper-
    » cevoir
» Que les fleurs provenant d'un arbre
    » qui supure,
» Sont des fleurs de péché fatal à la
    » nature.
» Va, rubis de Saint - Roch *, vieux
    » cloaque empesté,
» Sagouin mis au rebut, oiseau mal
    » empâté ;
» J'espère un jour te voir au château
    » de Bicêtre,

* Grain de peste qu'on représente sur les effigies
de ce Saint.

» **Et** tu peux compter que « je t'y voirai
    » peut-être.
» **Ah !** cadet, finis donc, tu nous fais
    » déjà peur,
» **Tu** r'ssemble à Nicodême avec ton air
    » goailleur ;
» **Tu** sais que ton habit est sec comme
    » alumette,
» **Ainsi** ne prends pas feu, remets-toi
    » la luette.
» **Eh !** Cateau, tais ta gueule, as-tu le
    » diabl' dans l'cou
» **De** vouloir abimer c't'engendré de
    » coucou ?
Je voulus répliquer, il me fut impos-
    sible,
Je m'enfuis au plus vîte, » Adieu donc,
    » frèr' terrible,
» **Je** te remercierons quand tu viendras
    » nous voir ;
» **Mais** pour qu'à l'avenir tu fass'mieux
    » ton devoir,
» **Fais** réguiser ta langue sur la pierre
    » infernale,
» **Et** puis j'tef'rons tourner au Moulin
    » de la Halle ** :
» **Je** somm' pourtant fâchés d'avoir cassé
    » ta dent,

** Le Pilory.

» Mais tu n'as pas un zeste à dire en
  » t'la rendant. »
Moi, craignant de nouveau que Cateau
  ne m'accable,
Je gagnai la couline en l'envoyant au
  diable ;
Heureux d'être échapé de ce maudit
  pays,
Pour aller déjeuner, j'appellai mes amis;
J'avois bon appetit et grand besoin de
  boire,
Ce qui bannit mon mal bien loin de ma
  mémoire.

---

# DIALOGUE POISSARD.

*Le Panier de Maquereaux disputé.*

## MARGOT, LA BLONDE,

### DEUX JEUNES GENS.

*Margot.* Eh! la Blonde, eh! c'est à toi
au moins c'pagnier de Maquereaux gâtés ; en vr'ité d'Dieu, j'en somm' fachée
pour toi.

*La Blonde.* Qu'appell'-tu à moi ? N' t'en
fâche pas tant, tu l'prendras pour ton
compte, car j'voulons avoir le plus
meilleur.

A 6

*Margot.* A moi? non pas que je sache, je l'aurons à nous seule, ou cent diables me barlificotent les entrailles. On voit ben que tu veux t'mettre à la mode, car tu veux faire un marché à la grecque.

*La Blonde* Mais j'crois qu'elle a bû un coup de trop aujourd'y.

*Margot.* A moi saoule, à moi, c'est bon pour toi, égarée! tiens donc pour avoir bû un d'misquié d' Paf ce matin avec ma commèr' d'Dieu, alle dit que j'somm' saoule. Vois donc st'e laide avec son visage sans viande, desséché à l'Hôpital.

*La Blonde.* T'as encore une belle nature pour parler d'zautres! Est-ce parce que j'nons pas d'ragoût de poitrine sur l'estoma? J'ons la place, plus blanche que la tienne, et je n'y mettons pas des chiffons comme toi.

*Margot.* Chiffon toi-même. Vas j'somm' grosse et grasse tout au naturel.

*La Blonde* Et bin! faut-il que je m'fasse larder pour être grasse! Est-ce parce t'as l'visage pot'lé comme le cul d'un petit Cupidon? T'es bien heureuse d'avoir mal aux dents pour faire deux mentons; et tout' ta grosse potraille a l'air de deux vessies sur un tas d'boue. Malgré notre défiguration, j'ons toujours été la porteuse de viande des beaux hommes.

*Margot.* Tu tires donc sur mon mari, s'il étoit là, il f'roit taire ta gueule, et tu voirois beau voir.

*La Blonde.* Qu'est ce que j'voirions ? Toujours rien, on s'chie de lui. Que j'prenions notr' pagnier en attendant.

*Margot.* Un chien, t'auras un diable qui te r'tourne. Prens l'mauvais, il est à toi.

*La Blonde.* Quin, chienne de R'beca, si j'em'mets sur ta carcasse envelimée, j'te s'acrifie ? tu sais que j'ne suis pas trop bonne.

*margot.* Finissez donc mamesell' Moutonne, et ne t'échauff' pas comm'ça, la Blonde, ça fait gagner mal à la rate.

*La blonde.* C'est pas comm' chez toi, car on n'y tâteroit qu' du mou. Vas, vas, quand t'auras l' boyau vuide, j'te parlerons.

*margot.* T'as la gueule bin forte aujourd'y, c'est parce que tes cheveux couleur de feu ont échauffé ta tête.

*La blonde.* Oui, grosse bête : tu dois bin parler d'zautres, avec tes yeux pas plus grands que le trou du cul d'une mouche à miel, qui n'pleurent que d'la cire.

*margot.* Ah ! voyez vous ste bell' p'tit' grand' bouche qui voudroit manger ses

oreilles, all' pourroit bin servir de ré-
servoir à médecine, les deux lèvres ser-
viroient de bourlets : allons, allons,
n'menvoyez plus d'écume par l'né, car
tu m'empoisonne, tu sens l'moisi comme
une vieille plante.

*La blonde.* Apportez donc du vinaigre
à cett' Dame, elle va s'trouver mal, cet
égoût de la rue du Bout du monde : allons, allons, vas faire tes enfans à cré-
dit, et laisse-nous tranquille.

*margot.* Parle donc, c'est pas comme
toi, j'ons jamais été empruntée par personne.

*La blonde.* Non, mais t'as été Sœur
converse à S. Martin, d'où tu as encore
conservé l'chaplet par dévotion.

*margot.* A moi ? Jamais le Cuisinier
de Bicêtre n'a mis ma viande au roux
dans son poëlon à courte queue, l'joli
oignon pelé : tu n'sens pas toi-même
l'Hôpital ? eh ! non, c'est que j'tousse.

*La blonde.* Finis donc, t'es tout'bour-
souflée, tu n'en peux plus, t'as la vue
égarée quand t'es comm'ça ; quin on voit
la potence dans tes yeux, il n'te manque
plus qu'un signe de croix et te v'la pen-
due.

*margot.* Apprens que j'somm' honnête
femm', qui n'y a pas un cheveu à ôter

d'ma tête, et que j'nons fait tort d'un iard à personne, c'est ton mite, tu n'en peux pas dire autant.

*La blonde.* A moi capable, j'te le prouverons quand tu vouras, ça n' pèse pas une once. Comme t'es toute essouflée à force de pialler; mais si j'navons pas de gueule, en guise d'ça j'ons des poings avec quoi j'te boucherons une fenêtre du visage.

*margot.* Et moi, j'te casserai la vite de l'œuil, et j'te battrai comme plâtre. Ste larronnesse qui voudroit m'esbignonner mon Maqu'reau.

(Elles se battent en continuant à se dire toujours des pouilles. Arrivent en cet instant deux jeunes gens qui s'amusent à aller la nuit quelquefois à la Halle, pour se disputer de paroles avec ces femmes, à qui néanmoins ils payent de l'eau-de-vie. )

*margot.* En as-tu assez ? Et tu n'auras pas encore le pagnier.

*La blonde.* J'men chie; j'ons acheté des cornettes et j'r'commencerons à nous r'licher des plus belles.

*Le jeune homme.* Eh ! mes amies, quel diable avez-vous pour vous battre de la sorte ?

*margot.* Qu'est ce que t'en veux dire ? Est-ce que t'es son croo.

*La blonde.* Cass'-moi l'y la gueule à c' chien-là ; quoi qui s' mêle !

*L'autre jeune homme.* Nous venons pour vous tenir compagnie une partie de la nuit, et vous vous fâchez aussi-tôt. Mais quelle est votre dispute ?

*margot.* Quin, mon enfant, all' veut dire que ce pagnier d'Maqu'reaux-là, qu'est bon, est à elle, est-ce que j'on tort?

*La blonde.* En v'rité d'Dieu il est aussi à moi, ou j'abîme !

*La riole.* Vous l'avez peut-être acheté ensemble.

*La blonde.* Aparat, mais elle veut l'avoir à elle seule.

*margot.* Ah ! t'en as menti, la blonde, c'est toi qui veux m' donner l'mauvais en guise du bon.

*L'enflé.* Eh bien, vandez les deux paniers, et partagez ensemble le profit et la perte.

*margot.* V'là qu'est parlé ça, la Blonde.

*La blonde.* J' n'ons jamais mieux d'— mandé. Allons v'là qu'est fini, je l'vou- lons bien : sans rancune, Margot.

*margot.* Eh ! que nous l' disois-tu. Tout cela m'a altéré comme un chien d' chasse.. J'aurions bon besoin, avant que d'nous mettre à écosser des pois, de boire chacun un petit articl'de foi cheux l'Epicier , mais v'là ces lurons d' la gance qui vont nous régaler de coco, pas vrai ?

*La blonde.* N'est-ce pas vous qu'êtes venus l'autre jour passer la nuit avec nous ?

*margot.* Eh ! apparat, quin c'est monsieur Lenflé et monsieur la Riole, que j'ons batisés comme ça.

*La blonde.* Ça nous met du baumm' dans le sang quand je vous voyons, et je m' souviens que Lenflé étoit mon parsonnier, ainsi j'voulons qu'il le soit encore aujourd'hui.

*margot.* Ça m' don' d' la joie au cœur, et je r'prenons La Riole pour le mien : t'es bien genti, mais t'as l'air triste cependant.

*La riole.* Tiens ne m'agonie pas de complimens, car je suis dans mon humeur massacrante,

*margot.* J'voulons rire nous, et v'as t'en au fichar si tu ne veux pas nous aider à écosser queuques pois.

*La riole.* Nous le voulons bien, mais comment nous payras-tu ?

*La blonde.* Eh ! mais vraiment, monsieu Lustucru, c'est avec l' paf que tu nous pairas toi-même, tu sais trop bien la mode, je n'voulons pas changer.

*L'enflé.* J'y consens, à condition que

tu nous chanteras quelque chose. Tiens, va-t'en chercher un poisson d'eau-de-vie.

*La blonde.* Un poisson ! eh hu ! quin, v'là notr' première chanson :

Aportez pinte,
Nos amis sont ici,
Car tu m'ereinte
Quand tu nous parle ainsi ;
Aportez pinte
Nous sommes quatre ici.

*margot.* De cett' chaleur ci on a une soif du diable qui vous étrangle, mon parsonnier.

*La riole.* Qui t'emporte et t'étouffe.

*margot.* Mais qu'est-ce que tu fais si loin ? t'es la comme un chapon du Mans ; gazouill' donc un peu, et donn' nous d'zeuillades ; tu n'dis rien, tu n'as pas pu d'chose qu'un enfant ; aproche-toi, puant, ça de mon côté.

*La riole.* Tiens, je te ferai la cour comme je pourrai ; commence par attendrir mon cœur, car il est comme une pierre.

*margot.* Chien, tu l'as donc bien dur, enflons, ça vaudra mieux ; où est ton verre ?

*Lenflé.* Mais c'est assez boire, chante donc quelque chose à présent.

*La blonde*. Si t'étois marié , j'ten chantrions une.

*Lenflé*. Suppose-le , et voyons-la.

*La blonde*. Quin la v'la. P'tit bon-homm' pass' pass'.

*La riole*. Vas te promener avec tes chansons, donne-nous-en d'amoureuses.

*margot*. Oh dame, j'faisons l'amour à la grosse mordienne , je n'ons jamais tiré à quatre épingles , et pour m'en ins-pirer, embrass' moi.

*La riole*. Je le veux bien , parce que je n'ai rien à gâter, pourvu que ce ne soit que sur les joues.

*margot*. T'es bin délicat avec ta per-ruque à jour: allons, nous patine pas tant , ça nous amollit ; c'pendant j'taime à cause d'ta mine r'venante.

*La riole*. Est-ce que tu me prends pour un spectre avec ta mine revenante?

*margot*. Je n'connoissons pas s'tanimal-là, mais si j'croyons aux r'venans, c'est parce que j'vous croyons trop bien en vie pour qu'cela soit.

*La riole*. Ne vois-tu pas bien mon en-seigne déployé ( en indiquant son né )? on dit que c'est un signe de longue vie.

*margot*. Taisez-vous donc petit ha-bleur , avec votre grand né à la grecque, ton visage ressemble à une affiche de comédie qui a pour annonce les dehors trompeurs.

*Lenflé.* Comme tu dégoise tout ça ! eh bien je t'en aime davantage, et je suis si amoureux de toi, que je ne voudrois pas te donner pour 17 ou 18 deniers.

*La blonde.* Chien ! qu'entendez-vous par ces paroles ! t'étouffe de complimens, tais plutôt ta gueule.

*La riole.* Lenflé, veux-tu changer de parsonnière ? tu me donneras quelque chose de retour, car la mienne a toutes ses dents.

*margot.* Est-ce que tu nous prends pour des jumens ? et est-ce que j'somm' ici au marché aux chevaux ? Va-t'en donc, grand cul fané ; peu s'en faut que tu n'soit transparent, car si t'avois une chandelle dans le corps, tu s'rois comme une lanterne.

*La blonde.* Allons hu, va-t'en d'a côté d'moi. Regarde donc Margot, comme il fait l'gros dos.

*margot.* Le gros dos ! faut donc qu' j'ai la berlue, car je l'vois aussi plat par derrière comm' pardevant.

*Lenflé.* Vous avez bien du caprice, Mamselle la Blonde.

*La blonde.* Qu' veux-tu, c'est mon ordinaire, d'être lutanique ; quin tu sens la chair morte, donn' moi une pris' d'tabac auparavant.

*L'enflé.* J'en ai bien à ma chemise, mais il n'est pas sec pour le raper ; attends le soleil, je la ferai sécher, et tu en auras du frais.

*La blonde.* A la voirie avec ton tabac. Allons, la Riole, viens à côté d'moi, mais ne me dis pas des sottises comm' t'as dit à Margot, car, quin vois-tu, j't'arrach'rois les deux yeux de la tête.

*La riole.* Si je soupçonnois que tu pensas ainsi, mon épée te serviroit de broche.

*La blonde.* Queu mauvais ! comm' tu fais l'tapageur ! est-ce une lame plate que vous avez, elle est bonn' n'est-ce pas ? Nous fait donc pas peur ; comme il est genti! mais t'es à l'agonie, n' t'avise pas de bâiller, car ton ame passeroit sans nous dire adieu. Vas, sois sûr qu' tant qu' tu parleras comm' ça, tu n'entreras jamais dans l'génie.

*margot.* N'tavise pas, la Blonde, de faire assaut avec lui, car on dit qui vous sait tirer, et qu'il est maîtr' en fait d'ames. Ah ! quin, la Blonde, v'la Jérôme qui vient t'prier d' sa noce avec Cateaux, l'vois-tu là-bas qui fait son p'tit tour ? Quand on parl' du loup, on en voit la queue.

*La blonde.* Tout d' bon ; est-ce que c'est pour aujourd'hui ? J'en suis bin aise. Bonjour, Jérôme, où irons je faire s'te noce ?

*Jérôme.* « Eh bien, Milsieux ! allons-
» je partir bientôt ? Ces Messieux ne
» sont pas de trop ; plus j'serons d' foux,
» plus j' rirons. Comme t'as l'air changé,
» Margot.

*margot.* Comm' j' savions qu' j'étions d'ta noce, j' nous somm' peignés nous deux la Blonde auparavant.

*Lenflé.* Voulez-vous boire un petit verre, monsieur Jérôme ?

*Jérôme.* « Bin d' l'honneur pour nous, messieux, mais ça n'est pas d' refus.

*La blonde.* « Eh bien, Jérôme, es-tu
» r'venu de cett' erreur qu'on vouloit
» t' couler en douceur, dans l'endroit
» de l'honneur de Cateaux à l'occasion
» de l'autre qui lui bavoit dans l'œuil
» pendant la conversation ?

*Jérôme.* « Eh, c'étoit d' moi qu'on a
» toujours voulu parler, et monsieu le
» Curé nous a arrangé tout ça en con-
» science, malgré le p'tit escrupule qui
» nous est venu sur le compte de l'hon-
» neur de Cateau, que j'ons couvert
» par notr' mariage, et on n' peut à
» présent qu'avoir la gueule morte.

» Quin, n' parlons plus d'ça, buvons
» un coup, ça vaudra mieux !

*Margot.* Mais dis-moi auparavant,
comment as-tu connu Cateau ?

*Jérôme.* » Tu sais qu'elle a quitté les
» alumettes pour vendre des mottes ;
» il y a queuqu'jours que j' la ren-
» contris qui en avoit encore un reste :
» ce jour-là, il étoit tard, j' n'avions
» rien fait d'la journée, elle avoit du
» bonheur, ell' me demande si j' veux
» lui en donné à moiquié d' gain. Moi,
» sans barguigner, comm' j' lui con-
» noissions de la grecq'rie, j' faisons
» nos conventions. Ell' prend l' de-
» vant, la chance l'y tourne, comm'
» si elle avoit joué au bâtonet avec
» moi, la corniche l'y tombe dans
» l'œuil, chacun en achéte ; et au bout
» d'un moment ell' r'vient à vuide. Là-
» dessus j' buvons ensemble ; le p'tit Cu-
» fidon qui s'étoit, comm' dit c't'autre,
» *nichè dans notr' misquier*, nous gar-
» guoille dans l' cœur, j'nous conve-
» nons, j' nous nous aimons, j' nous
» nous donnons parole, je r'lichons en-
» core un coup par là-d'ssus, et j'
» nous nous marions aujourd'hui : tout
» ça est bien simple, y a déjà pu d'
» trois mois d' ça.

*La blonde.* Tant d' tems qu'ça ! c'est bin long.

*L'enflé.* Je suis charmé de vous voir tous d'accord, je vous souhaite bien du plaisir, et nous allons vous quitter.

*La blonde.* Qu'est-ce donc qui vous presse si fort, et où allez-vous si matin tous deux ?

*La Riole.* Rendez-lui donc compte. Veux-tu venir avec nous, nous allons faire un tour aux Tuilleries.

*margot.* Taisez-vous donc, j' serions plus sûre d' vous trouver au petit Cours, mais de quoi nous donneras-tu à déjeuner ?

*L'enflé.* Nous t'y régalerons d'une prise de chocolat.

*La blonde.* Pourquoi donc fair'? j' n'aimons pas l' chose à Colas, ainsi nous fich' pas tant la goaille, car tu n'en as pas l'étrenne.

*Lenflé.* Adieu donc, les belles.

*La Riole.* Bon jour, jusqu'au revoir.

*La blonde.* Comme il s'enfuit ! faut qu'il ait volé quequ' Rotisseur, car il cache un dindon sous son habit.

*margot.* N' vois-tu pas bin qu'il va à quelqu' gueulton où chacun porte son plat.

*Margot.* Parlez donc, monsieu la
Vergette

Vergette, n'allez pas housser vot' beure aujourd'hui, car vous tomberiez en poussière.

*La blonde.* Adieu donc Monsieu Plé. Prens garde au vent, il va envoler ta perruque. Ah Margot, vois donc sa tête, on diroît du Chef Saint-Jean d'ssus un plat.

*margot.* Eh ! vois donc sa jambe, il l'a faite comme celle d'un Chien. On voit bien qu'il a tiré ses bas trop fort ce matin, car il en a caché le molet.

*La blonde.* Parle donc, hé Lenflé, si la succession de ton père n'a pas laissé d'autre magot qu' toi, tu ne dois pas être bin riche.

*Jérôme.* » Voulez-vous votr' reste ?
» Ils sont engendrés d'une brouette,
» comm' diable ils vont ! ma foi d' Dieu
» ça fait de bons lurons, qui ont l'odeur
» du gousset chenument forte ; falloit
» les gruger de la bonn' faiseuse.

*Margot.* T'as bin fait de n' t'y pas jouer, car ils ont la clef de l'autre monde au cul, et tu aurois pu servir d' serrure.

*Jérôme.* » Des bons. S'ils sont tapa-
» geux, j' somm' bacanaleux : j' nous
» serions travaillés d' la bonn' magnière.
» Mill' sieux dans un chausson ! Quin,

B

» vois-tu ces poings , ils ne sont pas
» de paille : quand j' somm' seul , j' veux
» être un chien , j' battrois tout le
» monde.

*La blonde.* Finissez donc, mauvais,
crainte qu'on n'vous fasse recevoir
Quinze-vingt retourné.

*Margot.* Allons , v'la qu'est bin. Parlons à présent d' notr' noce. Où irons-
je la faire , aux Porcherons, pas vrai
Jérôme.

*La blonde.* Allons, tais-toi , Cateau
aime mieux la Courtille.

*Jérôme.* » All' a raison. J'irons au
» Chou , chez l'compère Bibron.

*Margot.* Ah , la Blonde, pendant
qu' j'y pensons , as-tu encore d' la sa-
lade dans ta hotte ?

*La Blonde.* Oui, y en a encore un
peu dans l' cul , que j'emport'rons.

*Margot.* Eh ! l' pagnier de Maque-
r'aux gâtés , j' n'aurons qu'à l'emporter
aussi , j' les ferons passer pour bons.
Quin , j' me souviens d'avoir encore
du beure pour les fricasser : ah , oui,
le v'la , je le sens.

*La Blonde.* Y a-t-il long-tems qu'
tu l'as ?

*Margot.* Il n'y a pas huit jours.

*La Blonde.* Chien ! il est bien fort

pour son âge. Jérôme, as-tu de la sim-
fronie ? car il en faut pour une nôce.

*Jérôme.* » N' t'inquiète de rien , c'est
» mon affaire , et j' prendrons une
» Marmotte.

*Margot.* Partons de ce pas , étant
partis nous v'la allés. ( *en chantant.* )
Allons, allons, allons à la Guinguette,
allons.

~~~~~~~~~~~~~~~~~~~~~~~~~~

# POT - POURRI GRIVOIS.

## DEMANDE DE FANCHON

### EN MARIAGE.

Sur l'air : *Un jour que je chantions
venant des Porcherons.*

Un jour que je sentions
De l'ardeur pour Fanchon,
Et qu'avec ell' j'voulions
Partager notr' bouillon,
Au cheni la contrebande,
J' voulons faire une fin ;
Alors j' pris le dessein
D'en faire la demande.

B 2
~~~~~~~~~~~~~~~~~~~~~~~~~~

Air : *Reçois dans ton galetas.*

Dès à la pointe du jour
Je m' donnis un coup de peigne,
Je m' fis brav' comme un Amour,
Et plus fier q'un poux sur la teigne,
J' m'en fus droit à la maison
De notr' beur' Mam'selle Fanchon. (b.

Air : *Robin ture lure lure.*

J' vous avins mon pass' par tout,
Et d'une main ferme et sûre,
En visant bien dans le trou, turelure,
J'mis la clef dans la serrure,
Robin ture lure lure.

Air : *Stila qui a pincé Bergopzom.*

Dans la maison de sa maman, ( bis.
Fanchon travaill' sur le devant ; ( b.
Mais ell' couche sur le derrière
Quand le méquier ne donne guère.

Air : *Nous sommes précepteurs d'amour.*

J'étions connu dans la maison
Pour un fréquenteur de la Fille,
J'passions cheux elle avec raison,
Pour un membre de la Famille.

Air : *Quand j'étois chez mon père,* etc.

La trouvant endormie
Je lui baisis la main,

Mais il me prit envie
De lui prendre le sein,
Et autre chose itou,
Que je n'osons vous dire :
Et autre chose itou,
Je ne dirons pas tout.

Air : *D'une certaine façon.*

D'une certaine façon,
Sans trop chercher de mistère
J' m'avisis d'une magnière
Pour éveiller ma Fanchon,
J' lui mis mon doigt dans la paupière
D'une certaine façon.
Son œil par cette leçon
En s'ouvrant à la lumière,
J'vis bâiller ma parsognière
D'une certaine façon.

Air : *Réveillez-vous belle endormie.*

Mais de son sommeil revenue,
Je courus chercher ses habits,
Et comme elle étoit toute nue
Moi-même je vous la couvris.

Air : *J'ai passé, rapassé par devant* etc.
ou *Rossignolet du bois*, etc.

N' v'la-t-il pas qu'à l'instant  } bis.
Sa mère maternelle,           }
Vint pour, sans qu'on l'appelle,

Habiller son enfant ;
Mais plus habille qu'elle,
J'avois pris le devant.

Air : *Ma charmante Suzon.*

Mais, moi, pour éloigner
Cette vieille furie,
Je l'envoyons chercher
Roquille d'eau-de-vie,
Roquille à pleine écuelle,
Car je l'aimons beaucoup,
Comm' n'étant, reprit-elle,
Pas à ça près d'un coup.

*Air du cantique de l'Enfant prodigue.*

Me voyant dans la maison
Tout seul avec ma Fanchon,
Pour lui prouver ma tendresse
Je me coulis en douceur,
J'lui fis une politesse
A l'endroit de son honneur.

Air : *La nuit quand je pense à Jeannette.*

Moi qui suis un peu timide,
Ça vint à m'embarrasser,
Quoiqu' j'avions l'amour pour guide,
Je n'savions par où commencer ;
Pour lui tourner avec grace
Un compliment sans façon,
J'fis comme un écolier d'classe
Qui prend toujours son plus long.

*Air : M. le Prévôt des marchands.*

J'voudrions trouver un moyen
A cell' fin de dire combien
Est grand' la peine que j'endure
Pour faire un compliment genti ;
Mais j'ons la conception si dure,
Que je ne le fons qu'à demi.

*Air : Ah ! la plaisante histoire.*

Quoique jeune par l'âge,
Je t'aimons à la rage,
En tout bien, tout honneur,
Je sommes ton serviteur ;
J'te jurons sur mon ame
Que je t'aurons pour femme,
Si tu veux m'épouser,
Il ne faut pas m'éviter.

*Air de Joconde.*

J'voyons venir fort à propos
La mer' de la famille :
Maman, il faut pour mon repos,
Me bailler votre fille ;
Ne craigniez rien, j'vous l'élevr'ons
Chez nous à la brochette,
D'embarras je la tirerons,
J'en ayons la recette.

*Air de la confession.*

Pour trousseau j'aporte en mariage
Tout mon équipage,
De plus un effet
Qui met la paix dans le ménage.
La maman répond :
Je n'avons ni rente ni fond.

Air : *Pour héritage je n'eus de mes parens*

Pour héritage
Fanchon n'aura jamais
Qu'son pucelage
Avec quelques attraits ;
Je le retiens, dis-je, pour mon partage,
Je ne voulons pas davantage
Que ce petit bien.

*Air du père Barnabas.*

J'aurons à l'avenir
Un train de vie ordinaire,
Je f'rons pour nous soutenir
Tout ce qu'il faudra faire ;
Mais j'saboulons votr' fille
Si j'voyons quequ' harias,
A grands coups de béquille
Du père Barnabas.

Air : *Quin , v'la ma pipe.*

C' n'est pas toujours fête
Pour se marier ,
De cul et de tête
J'voulons travailler ;
Qu'aura-t-elle à dire
Si dans son tripot ,
Je fais souvent cuire
Quelque bon fricot ?

Air : *L'occasion fait le larron.*

Lorsque chez moi je sentirons d'lusure,
Et qu'à deux mains elle prendra son sé-
rieux,
Comme l'habitude est une seconde na-
ture ,
J'en prendrons une quand j's'rons vieux.

Air : *Ce n'est ma foi plus de chanson.*

A s't'heur le plus fort est baclé ,
L'affair' sera bientôt faite ,
J'avons suffisamment parlé ,
Au cœur de ma Fanchonnette ,
Pour qu'auprès de lui je sois enrôlé ,
Passant par l' chemin d'amourette.

Air : *Mon père est à Paris*, etc.

Après quoi je lui tins
Aprochant ce langage :
Lequel de ces matins
Ferons-nous en ménage,
Le zon, zon, zon avec ma Fanchonnette,
Le zon, zon, zon, avec ma Fanchon !

Air : *Menin qu'étoit plus fort.*

Vous pressez bien les gens,
Reprit ma parsognière,
Pour terminer s't'affaire,
Ça demande du tems.
Une fièvre soudaine
Me vient à contre-tems ;
Au moins pour cett' migraine
Il me faut là huitaine
Pour réparer mes sens.   ( bis.

Air : *L'amour est un chien de vaurien.*

J'fus donc forcé pour le moment,
De rengaigner mon compliment,
  Avec ma courte honte,
  J'm'en fus m'mordant les doigts :
  Qui sans son hôte compte,
  Souvent compte deux fois.

# LETTRES

## *De M. DUBOIS et de Mlle. DUBUT.*

### Maneselle,

Quand d'abord on n'a plus son cœur à soi, c'est signe qu'une autre personne l'a : et pour afin que vous n'trouviez pas ça mauvais, c'est que je vous dirai qu' vous avez l'mien. J'ai eu la valissance et l'honneur d'vous voir dans un endroit de danse au Gros-Cailloux, par plusieurs différentes fois, et qui pis est, j'ai dansé aveuc vous trois m'nuets et puis l'passe-pied, en payant ; dont je ne regrette pas la dépense, parce que ça n'est pas suivant ce que vous valez. Pour revenir donc à ce que j'disions, j' m'apelle Jérôme Dubois ; et en tout cas que vous ne remettiez pas mon nom, j'suis ce grand garçon qui a ses cheveux en cadenette, et puis une canne, les dimanches, de jais, et qui a aussi un habit jaune, couleur de ma cullote neuve, et des bas à l'avenant. J'amènerai dimanche ma mère au même lieu qu'vous avez venu la dernière fois, pour qu'alle fasse connoissance aveuc vous ; et ça sera fort ben fait à moi que je puisse vous faire sépar-

tager l'amiquié que j'goûte pour vous,
dont je suis avec du plaisir,

MANESELLE,

Vote petit sarviteur de tout mon cœur;

JÉRÔME DUBOIS,

Pêcheux d'la Guernouyère, là où-ce que
j'demeure pour attendre votre réponse.

MONSIEUX,

J'ai reçu votre lettre, là où-ce que j'ai
lu l'écriture qu'étoit dedans. J'nai pas un
brin la r'souvenance d'vous connoître,
et ça m'a fait plaisir d'apprendre de vos
nouvelles. Pour à l'égard d'vote politesse,
j'ai trouvé du contraire dans la vérité
que j'aie vote cœur, à cause qu'on n'a
pas le bien d'autrui sans qu'on le donne;
ça fait connoître qu'une fille d'honneur
ne prend rien: par ainsi j'nai pas vote
cœur. Et puis tous les ceux qui disont ça
pour rire n'allont pas le dire à Rome;
car les garçons du jour d'aujourd'hui sa-
vent si bien emboiser les filles, que je
devrions en être saoules; c'est pourquoi
j'vous prie d'brûler s'te lettre, dont j'suis
aveuc respect,

MONSIEUX,

Vote très-humble servante,

NANETTE DUBUT.

# FIN.